Pour Ally, avec tout mon amour.
R. B.

Adaptation française de Maëlle Mas

Pour l'édition française : © Éditions Milan, 2024
1, rond-point du Général-Eisenhower, 31101 Toulouse Cedex 9, France
editionsmilan.com

Dépôt légal : septembre 2024 • ISBN : 978-2-408-05069-6 • Achevé d'imprimer au 3ᵉ trimestre 2024 en Malaisie
Plus d'informations sur la fabrication de nos livres :
editionsmilan.com/comment-fabriquons-nous-nos-livres

Tu vides tes étagères et connais déjà ce livre par cœur ? Donne-le !

MIXTE
Papier | Pour une gestion
forestière responsable
FSC® C007207

Texte et illustrations de

Rob Biddulph

milan

Les éclairs et la tempête
grondent dans le ciel
sombre et menaçant.

L'océan est vivant,

il monte et redescend.

C'est là, sous les vagues tumultueuses de l'Atlantique,
que vit un baleineau au nom impressionnant...

Gigantic !

C'est un p'tit gars
particulier et différent.
Le plus petit baleineau
de tout le banc.

Ses parents l'aiment énormément.
Ils espèrent simplement qu'un jour il deviendra grand.

« Hé, minus, le raille Titan. Si j'étais rikiki comme toi,
j'aurais du mal à me sentir baleine, je crois !

Je te conseille, frérot, d'aller jouer avec Lulu, la tortue toute mini.
Vous seriez bien assortis. »

Gigantic nage
vers la tortue
et, timidement,
lui sourit.

« Salut, toi ! dit Lulu.
Tu veux être mon ami ? »

Alors...

ils sautent...

et plongent...

et dansent...

et jouent.

Ces deux-là s'amusent comme des fous.

Pendant ce temps,
derrière un rideau
d'algues colorées,

Titan s'est caché,
avec Maxima et Goliath
à ses côtés.

« Regardez-moi
ces demi-portions,
grogne Titan,
les sourcils froncés.

Approchons-nous
pour mieux les observer.

– Waouh, Gigantic est fort en acrobaties !
s'étonne Maxima, ébahie.

– Ton frère, ajoute Goliath, est sacrément doué.
Je ne savais pas que les baleines pouvaient tournoyer !

– Sornettes ! râle Titan.
C'est un jeu d'enfant !

Si Gigantic peut le faire,
c'est que ça n'a rien
d'extraordinaire !

Je vais montrer
à ces crevettes de quoi
une **vraie** baleine
est faite !

Je ferai **mieux**, oui,
beaucoup mieux
que lui !

– Attends ! dit Maxima. C'est une mauvaise idée,
l'eau est trop peu profonde à l'entrée de la baie. »

Ignorant ses amis,
le grand frère orgueilleux
se propulse d'un large mouvement de queue.

Gigantic lève les yeux vers l'ombre qui s'étend.
« Attention ! lance-t-il à Titan.

– Regarde ça ! », fanfaronne Titan, fier et amusé.
Il commence à tournoyer...

et se retrouve BLOQUÉ !

Et voilà la marée qui descend.
Le pauvre Titan est échoué sur le flanc.

Lulu se met à crier :
« Il est en danger ! Le temps est compté !
Petits amis, venez vite nous aider ! »

Ils arrivent des rochers, des grottes et des coraux,
tous ces petits animaux qui vivent sous l'eau.

Ils creusent, raclent et grattent activement,
travaillant tous ensemble
pour décoincer Titan.

« Tirez ! rugit Lulu. Il faut faire vite ! Du nerf !

– J'arrive ! dit Gigantic. Je suis plus fort que j'en ai l'air ! »

Il se tourne vers Titan,
qui roule des yeux terrifiés.
« N'aie pas peur, grand frère,
je ne te laisserai pas tomber ! »

De toutes leurs forces,
les petits animaux tirent, hissent et traînent.
Chacun est un maillon de cette grande chaîne.
Gigantic s'efforce autant qu'il peut...

Ça y est, Titan est libre !

Quel spectacle merveilleux !

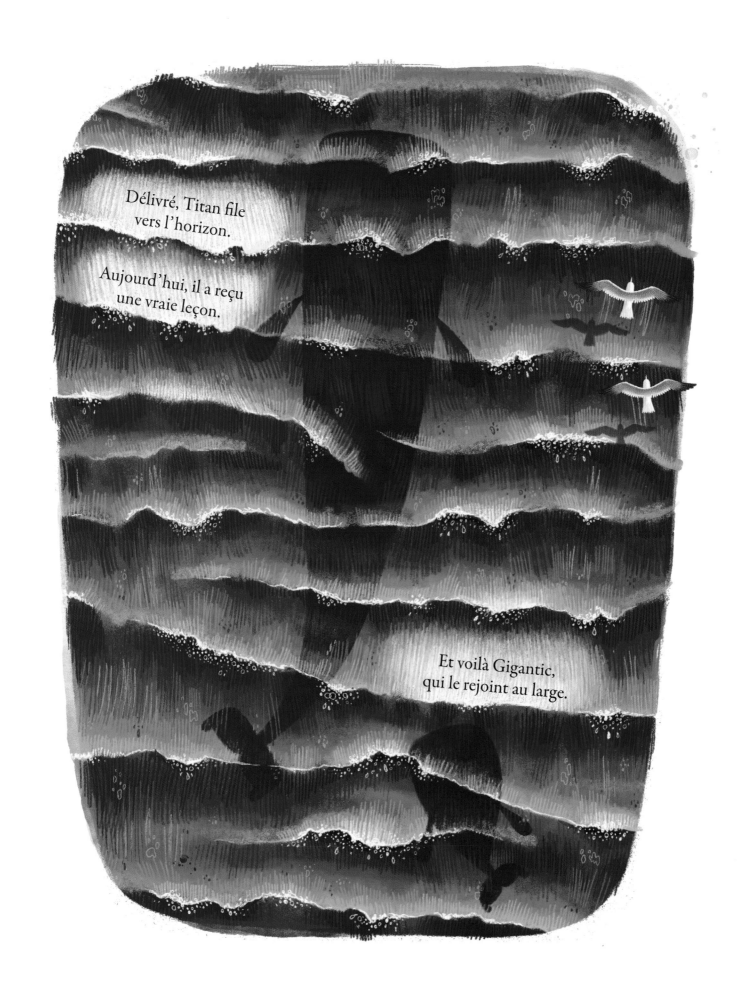

Délivré, Titan file
vers l'horizon.

Aujourd'hui, il a reçu
une vraie leçon.

Et voilà Gigantic,
qui le rejoint au large.

« Montre-la-nous
maintenant, cette vrille.
Je suis sûr qu'elle vaut le voyage !

– Gigantic, dit Titan,
je m'en veux terriblement.
J'ai été idiot et méprisant.

J'ignorais tes talents.
Mais, grâce à toi, merci,
j'ai compris à quel point
ce qui est petit est important.

À partir de maintenant,
je ne serai plus méchant.
Je serai le meilleur frère
de tous les océans. »

Dans un magnifique ciel bleu,
le soleil resplendit.